AF460349

LE

BOUT DE L'AN DE L'AMOUR

CAUSERIE A DEUX

PAR

THÉODORE BARRIÈRE

PARIS
MICHEL LÉVY FRÈRES, LIBRAIRES ÉDITEURS
RUE VIVIENNE, 2 BIS, ET BOULEVARD DES ITALIENS, 15
A LA LIBRAIRIE NOUVELLE

1863

PERSONNAGES

HENRI VOLNAY. . . . . MM. Berton.
CHARLES FORESTIER. . . . . Lafontaine.
Un Garçon de restaurant . . . . Ulric.

1859, trois mois après le retour d'Italie.

LE

BOUT DE L'AN

DE L'AMOUR

CAUSERIE A DEUX

Représentée pour la première fois, à Paris, sur le théâtre du Gymnase, le 26 mars 1863.

Imprimerie de L. T[illegible] et Cie, à Saint-Germain

LE

BOUT DE L'AN DE L'AMOUR

Un cabinet dans l'un des meilleurs restaurants de Paris. — Au milieu, une table de quatre couverts richement servie. — A gauche, cheminée avec du feu. — Candélabres allumés. — Un piano à droite. — Fenêtre au fond. — Porte au fond à gauche. — Porte à droite.

SCÈNE UNIQUE

CHARLES FORESTIER, HENRI VOLNAY. — Henri est au piano. Charles fume un cigare sur le balcon.

HENRI, jouant *.

Anne, ma sœur Anne, ne vois-tu rien venir?

CHARLES.

Je ne vois que le macadam qui poudroie et les kiosques qui flamboient.

HENRI.

Ces dames se font bien attendre!

CHARLES.

Pour quelle heure leur as-tu donné rendez-vous?

HENRI.

Pour sept heures précises.

* Marche autrichienne.

CHARLES.

Il n'est que sept heures un quart. Ces dames ont encore quarante-cinq minutes à elles. Je te disais bien que nous avions le temps, mais tu ne tenais pas en place.

HENRI.

Aussi, c'est que, toi, lorsque tu es à ton café du *Helder*...

CHARLES.

Mon café du *Helder !* c'est bien plutôt ton café que le mien ; car enfin, moi, je ne suis qu'un simple colon, comme vous nous appelez assez impoliment au 3e zouaves ; un pauvre petit historiographe à la mine de plomb, à qui l'on permet de suivre nos victorieuses armées et de dessiner tranquillement.

HENRI, riant.

Au milieu des coups de fusil. (Il se lève. Un garçon entre de la gauche, portant deux bouquets.)

LE GARÇON, à Henri.

Monsieur, voici ce qu'on envoie de la rue Laffitte.

HENRI.

Bon ! posez ça là. (Le garçon place les bouquets sur la table et sort.)

CHARLES, lisant le menu, près de la cheminée.

« Soupe à la tortue,
Laitances de carpes à la Demidoff,
Homard à l'américaine,
Sorbets à l'ananas,
Coq de bruyère truffé, etc., etc. »

Ah ! mais, décidément, mon cher Volnay, qui traitons-nous donc ?

HENRI, riant.

Ton cœur ne te dit donc rien ?

CHARLES.

Eh non ! parbleu ! mon estomac seul me dit quelque chose, et il crie assez fort pour que je l'entende ; il crie famine. Voyons, tu tiens à me faire une surprise? Eh bien, surprends-moi un peu plus tôt. Dis-moi le nom des gentilles ogresses auxquelles sont destinées ces fantastiques agapes.

HENRI.

Est-ce que vraiment le lieu où nous sommes ne te rappelle pas quelque chose?

CHARLES.

Il ne me rappelle rien du tout. — Ah! si, si, il me rappelle que, dans un certain souper que nous donnait un prix de Rome, je me suis querellé avec Blanchard à propos de rien; qu'à bout d'arguments, je lui ai jeté mon champagne à la tête, et que, le lendemain matin, dans les bois de Meudon, il m'a troué un chapeau neuf.

HENRI.

Tu ne te souviens que de cela?

CHARLES.

Absolument.

HENRI, lui montrant un panneau de la boiserie près de la cheminée.

Eh bien, lis donc, cœur sans mémoire!

CHARLES, lisant.

« 15 septembre 1856... » Eh bien?...

HENRI.

Eh bien!

CHARLES.

Ah! j'y suis.

HENRI.

C'est bien heureux!

CHARLES *.

Oui, oui... Il y a trois ans, la veille de notre départ pour l'Afrique, c'est bien ici qu'a eu lieu la scène déchirante de nos adieux à la charmante Alexina, à la gracieuse Colombe. Ces murs

* Henri, Charles.

ont retenti des sanglots de nos Arianes délaissées, par ordre du ministre de la guerre.

HENRI.

Eh bien, mon cher, nos Arianes ne sont pas mortes de notre abandon.

CHARLES, riant.

Elles pas bêtes !

HENRI.

Et tu les verras tout à l'heure.

CHARLES.

Tiens ! tiens ! tiens !... Mais où et quand les as-tu donc rencontrées ?

HENRI.

Hier soir, aux Italiens. Ne le dis pas au ténor Morini, mais nous n'avons pas entendu une note de *la Norma*. Nous avons parlé tout le temps de Magenta, de Solferino et surtout des beaux jours passés. Alexina a gardé de toi le meilleur souvenir. Elle était même tout émue en me montrant, à son joli bras, ton petit bracelet, tu sais ?

CHARLES.

Ah ! oui... Un aspic de chez Perrée, avec des yeux en rubis.

HENRI.

Elle m'a juré qu'elle ne l'avait jamais quitté.

CHARLES.

Jamais ?

HENRI.

Pas une minute.

CHARLES, avec une grimace significative.

Merci bien !... Ah ! si j'avais pu prévoir ça, c'est moi qui aurais crevé les yeux de l'aspic !

HENRI.

Dieu! qu'elles étaient jolies toutes deux! Colombe, avec sa guirlande de liserons des prairies, et Alexina avec sa coiffure de pervenches.

CHARLES.

Tiens! la fleur aimée de Jean-Jacques! Est-ce qu'Alexina serait devenue philosophe, par hasard?

HENRI.

Combien je suis heureux à la pensée de me retrouver avec elles! Ma parole d'honneur, je me sens là une joie de sous-lieutenant en semestre! ma gentille petite Colombe!

CHARLES.

Oui, le déluge est fini; déluge de boulets, de balles et de bombes, et ta colombe apporte dans son petit bec l'olivier de la paix.

HENRI, souriant.

Seulement, dis donc, crois-tu qu'elle soit restée tout ce temps-là dans l'arche?

CHARLES, confidentiellement.

Entre nous, non, je ne le crois pas.

HENRI, de même.

Et moi non plus. Car, hier, je te l'avouerai, ces dames n'étaient pas seules dans leur loge. Il y avait là deux messieurs tout de noir habillés, comme le page de Malbrouck, et qui n'ont pas dit un mot de toute la soirée.

CHARLES, même jeu.

C'étaient des hommes sérieux.

HENRI, avec une gravité comique.

Voilà ce que c'est pourtant que de passer trois ans à guerroyer sur la terre étrangère. Ah! décidément, nos aïeux avaient peut-être tort d'aller en Palestine; car il est clair que, pendant ce temps-là, les nobles châtelaines...

CHARLES.

Oui, et soyez donc fier après cela de descendre des croisades!

HENRI.

Des croisés.

CHARLES.

Oh! je ne fais pas de mots, moi.

HENRI, regardant à la pendule.

Ah! c'est égal, nos charmantes amies font, ce me semble, un peu trop de genre avec nous. La dernière fois, elles ont été plus exactes.

CHARLES.

Dis donc, c'est peut-être parce que nous partions.

HENRI.

Oh! tu les calomnies! et je suis sûr, au contraire, qu'elles se réjouissent à la pensée de se retrouver tête à tête avec nous, comme autrefois. Ce ne sera peut-être, il est vrai, chez elles, qu'une fantaisie de l'esprit, qu'un caprice du cœur; peut-être même ce jour n'aura-t-il pas de lendemain, mais enfin ce jour est à nous, peu importe le reste!

CHARLES.

Il est avec l'amour des accommodements.

HENRI.

Ah! dame! je t'avouerai que, jusqu'ici, je n'ai pas pris l'amour positivement au sérieux... Jamais, je le confesse, l'idée ne m'est venue de me demander si j'étais la première passion de ma maîtresse, ni si j'en devais être la dernière. M'était-elle fidèle, je l'ignorais et ne songeais nullement à m'en assurer. Enfin, l'amour pour moi, c'est comme les oasis dans le désert : quand j'en rencontre une, je m'y désaltère avec délices et ne m'inquiète point si quelque autre ne viendra pas à son tour puiser la vie à cette source à laquelle je viens de boire. Et quand, plus tard, le ciel m'en fait trouver une seconde, je me couche ravi sous les épais palmiers sans m'informer si par hasard d'autres voyageurs avant moi ne seraient pas venus chercher le repos sous leur ombre.

CHARLES, riant.

Épicure, lui-même n'aurait pas mieux parlé!

HENRI.

Épicure était dans le vrai... Jouissons de l'heure présente, et après nous la fin du monde!

CHARLES, assis.

Oui, la devise des enfants du siècle : « Après-nous la fin du monde! » On va loin, Henri, avec cette phrase-là.

HENRI.

Prêchi! prêcha!... et où va-t-on?

CHARLES.

On va au néant, parbleu! au néant de tout ce qui est saint, de tout ce qui est grand.

HENRI.

Ta parole?

CHARLES.

Ne ris pas... Tu la connais, n'est-ce pas, cette autre phrase : « Nos pères valaient mieux que nous? » Elle est vieille comme le monde, et je m'en sers tout de même! Oui, ils valaient mieux que nous... ils logeaient dans la vie, et nous, nous y campons. Les morts vont vite, dit-on! Eh bien, les vivants aujourd'hui vont bien plus vite encore. C'est le temps des éphémères. Nous nous hâtons de jouir, nous mettons la vie en serre chaude, et, avant l'heure marquée, la chrysalide veut être papillon; l'artiste, demi-dieu; le soldat, général; le poëte, compris; le banquier, millionnaire, et l'amant... heureux. Après nous la fin du monde! et nous mordons à pleines dents à la grappe verte encore, de peur de ne plus être là quand viendra la vendange. Tant pis pour nos neveux qui préparent les cuves! Profitons du présent! que l'avenir s'arrange! Après nous la fin du monde! et nous nous dorlotons dans notre bien-être tout capitonné d'indifférence et d'égoïsme, et nous nous croyons quittes envers nos pères, quand nous ne les mettons pas sur la paille s'ils sont riches, ou quand nous leur donnons du pain, s'ils sont pauvres; envers nos filles quand nous les avons jetées en robe blanche dans les bras du premier venu; envers nos fils...

HENRI, riant.

Quand nous les avons habillés en zouaves ou en artilleurs.

CHARLES.

Envers nos amis, quand nous ne leur avons pas pris leurs femmes... Envers nos pauvres, quand nous avons bu du punch à leur profit; envers nos morts, quand nous les avons suivis pendant dix minutes le parapluie sous le bras et le chapeau sur la tête... Et envers Dieu, quand nous ne l'avons pas envoyé au diable! (Henri éclate de rire.)

CHARLES, changeant de ton tout à coup.

Eh bien, voilà comme je suis, moi, quand je n'ai pas dîné.

HENRI.

Prends donc quelque chose.

CHARLES, se levant.

Eh! mais très-certainement que je vais prendre quelque chose.

HENRI.

Tiens! au fait, c'est une idée! un rond de saucisson en attendant le coq de bruyère truffé, et une crevette en attendant le homard à l'américaine.

CHARLES.

C'est ça, établissons une cantine comme en campagne. Apporte les bidons. (Henri et Charles s'installent auprès de la cheminée; Charles est à cheval sur une chaise; Henri est assis sur le tapis.) Donne-moi du pain.

HENRI.

Voilà. (Ils mangent.)

CHARLES.

Ça me rappelle notre souper à la clarté des étoiles, le soir de Palestro.

HENRI.

Tiens! c'est vrai, nous avons mangé du saucisson.

CHARLES.

A ta santé!... (Ils trinquent.) Ah! quels souvenirs! les feux allumés... les chants des soldats... les rondes d'officiers parmi les plats et les bouteilles. Le drapeau du 3e zouaves, qui, à deux pas de nous, étrennait son étoile! car, ce jour-là, ton régiment avait été mis à l'ordre du jour... Qu'est-ce que tu as?

HENRI.

Je me mouche!

CHARLES.

Ce n'est pas vrai, tu pleures. Quel drôle de pays que le nôtre! tout le monde est chauvin et personne ne veut en convenir.

HENRI, avec abandon.

Ah! comme le cœur battait alors! comme on se sentait vivre!

CHARLES.

Surtout lorsque, comme moi, on avait été si près de mourir.

HENRI.

Comment?

CHARLES.

Ah! c'est vrai, je ne t'ai pas raconté... Tiens, au fait, moi, j'ai perdu là un sujet de dessin et une réclame! Tu sauras donc que c'était pendant la bagarre; oh! mais au beau moment! Je m'étais mis dans un petit coin, et, tandis que vous jouiez du sabre et de la baïonnette, moi, je m'escrimais vivement de mon crayon. Quand tout à coup, en relevant la tête, j'aperçois à vingt-cinq pas de moi, tout au plus, un habit blanc qui épaulait son arme à mon intention. Je me sentais perdu, je ne te le cacherai pas; ma carabine était près de moi, il est vrai, mais le temps de la prendre... Bref, par un mouvement instinctif mais idiot, je mets mon dessin devant moi en guise de bouclier, et, tout aussitôt, mon Autrichien tombe la face contre terre. — J'aurais pu attribuer cette attitude respectueuse à l'admiration causée par le chef-d'œuvre que je lui présentais; je crus plus modeste de supposer qu'un des nôtres, témoin du danger que je courais, lui avait logé une balle dans le ventre.

HENRI.

Eh bien, tu l'as échappé belle! Ah! à ta place, je prierais l'illustre Devisme de me faire un porte-crayon rayé.

CHARLES.

J'y songerai. Passe-moi les crevettes.

HENRI.

Passe-moi le saucisson... Donnant, donnant. (Ils échangent les comestibles.)

LE GARÇON paraît à droite; à cette vue, il jette un cri de surprise.

Messieurs...

CHARLES.

Quoi?... Tiens, je l'ai pris pour mon Autrichien.

LE GARÇON, à Henri.

Monsieur, le dîner a trop attendu, il sera détestable.

CHARLES, éclatant de rire, la bouche pleine.

Eh bien, qu'est-ce que ça nous fait?

LE GARÇON.

Ah!...

CHARLES.

Votre dîner, votre dîner, vous le ferez réchauffer demain pour une noce.

LE GARÇON, indigné.

Pour une noce!... Ah! monsieur!... (Il sort.)

CHARLES.

Tiens! suis-je bête, moi! Je ne me souvenais plus que nous étions au café *Anglais*. (Se levant.) C'est ta faute aussi! on n'a jamais dîné sur l'herbe dans un cabinet du boulevard des Italiens.

HENRI, se levant aussi.

Bah! quand on arrive d'Italie! Oh! mais ce n'est pas possible Ces dames ne viendront plus maintenant.

CHARLES, *allumant une cigarette.*

Quel bonheur !

HENRI.

Forestier, je te trouve froid !

CHARLES.

Qu'est-ce que tu veux ! j'ai une idée que je n'avais pas voulu te dire d'abord, de peur de te contrarier, mais que...

HENRI.

Quoi donc ?

CHARLES.

Eh bien, s'il faut te l'avouer, je trouve qu'en organisant cette petite fête du souvenir, tu as commis une imprudence... ou, si tu l'aimes mieux, une maladresse.

HENRI.

Une maladresse !

CHARLES.

Imperitia... chez les anciens... impair chez les modernes, qui n'y regardent pas de si près.

HENRI.

Ah ! je te trouvais froid tout à l'heure, maintenant je te trouve sévère.

CHARLES.

Sévère... mais juste.

HENRI.

Enfin, pourquoi ?

CHARLES.

Pourquoi ? pourquoi ? Ah ! un mot, d'abord ! me permets-tu de te parler du fleuve du Tendre ?

HENRI, *riant.*

Tu es insupportable.

CHARLES.

Réponds... c'est important.

Eh bien, oui.

CHARLES.

Merci! à charge de revanche... Je te dirai donc que le fleuve du Tendre peut être descendu, mais qu'il ne faut jamais le remonter.

HENRI.

Je ne comprends pas.

CHARLES.

Ah! tu ne comprends pas? Eh bien, sais-tu ce que nous eussions fait tous quatre ici, ce soir, si ces dames étaient venues? Sais-tu ce que nous ferions encore, si elles venaient?

HENRI.

Nous ferions un bon dîner.

CHARLES.

Pas du tout, car on vient de te dire qu'il serait détestable. Nous ferions ce que j'appelle *le bout de l'an de l'amour*.

HENRI, riant.

Très-jolie, l'image!

CHARLES.

Oui, le bout de l'an de l'amour; et les bouts de l'an, vois-tu, Henri, ce n'est plus cela. Les yeux lisent bien les mêmes versets, la bouche récite bien les mêmes psaumes, mais l'émotion est partie, la ferveur est absente. Alors, on ne se gêne guère pour parler de celui qui n'est plus; on le discute, on le juge, quelquefois on le condamne, et l'on s'en va dîner... Eh bien, mon cher, généralement, en est de même aux bouts de l'an de l'amour.

HENRI.

Ce qui donnerait à entendre qu'avant minuit nous aurons dit pis que pendre du défunt.

CHARLES.

Mais ce serait bien possible, et... entre nous, le cœur sur la main... aurions-nous tout à fait tort ? Car enfin...

HENRI, riant.

Ah! comment déjà?... Mais il n'est pas huit heures et demie.

CHARLES.

Ça retarde ici. (Continuant.) Car enfin, parmi les roses du passé, que d'épines, mon ami! Quand je pense que notre jalousie s'est battue trois ou quatre fois pour nos infidèles.

HENRI, riant.

Et comme ça nous avançait à grand'chose, hein ?

CHARLES.

Oui, à mesure que nous arrachions des rivaux, il en repoussait.

HENRI, riant.

C'est vrai, mais enfin ce n'étaient pas les mêmes.

CHARLES.

O Alexina !... (Ils s'asseyent.) A propos, sais-tu ce qui l'a perdue? C'est son beau-père; car, dans les commencements, elle avait bien quelques dispositions pour la vertu...

HENRI.

Une vertu relative.

CHARLES.

Bien entendu... Nous nous adorions; nous voyagions alors dans le pays du Bleu; nous avions même notre petit nuage au mois; mais le beau-père d'Alexina était ambitieux pour elle... et surtout pour lui.

HENRI, riant.

Ah çà! est-ce que lui aussi descendait des croisades?

CHARLES.

Non, il descendait de cheval... il avait été postillon... Et ce qui a fait notre malheur, c'est qu'il avait gardé ses grandes bottes et qu'il tenait absolument à mettre du foin dedans. Moi, un artiste, tu comprends, je n'aurais jamais pu suffire; car on ne sait pas, vois-tu, ce que peuvent contenir de foin les bottes d'un postillon.

HENRI.

Enfin, tu as dû quitter Alexina, et alors...

CHARLES.

Alors... voilà... quand je l'ai retrouvée avec ta chère Colombe (tiens! c'était mon premier bout de l'an!), quand je l'ai retrouvée, elle avait un équipage et le beau-père avait un paletot neuf, un magnifique paletot jaune; je le vois toujours; brave homme! Que le bon Dieu ait son âme!

HENRI.

Il est donc mort?

CHARLES.

Mais non; et c'est bien pour ça.

HENRI.

Ah! bon!

CHARLES, après un temps.

Comme on est lâche parfois! Quand je pense que... Tiens, un certain jour, il était trois heures du matin, il neigeait et j'attendais Alexina depuis minuit sur ma terrasse. Elle arriva enfin, avec le *régent* aux oreilles, et, en me le montrant : « Je suis en retard, me dit-elle avec un sourire, mais... voilà mon excuse... » (Après un mouvement de rage.) Et après cela, je l'aimais encore!

HENRI.

Ah! comme je comprends ça!

CHARLES.

Mais c'est qu'elle avait tant de grâces! tant de charmes!... Oh! ce n'est pas possible : le bon Dieu s'était trompé, et tout ça n'était pas pour elle.

HENRI, qui est devenu rêveur.

Ah! quand je réfléchis! Colombe aussi avait bien ses mauvais côtés! d'abord, elle adorait les griffons d'Écosse; elle tenait cela de sa mère, une bien brave femme! Ah! tiens! le digne pendant de ton beau-père. Eh bien, Colombe avait une sorte d'idolâtrie pour ces abominables petites bêtes, chez lesquelles on ne peut jamais distinguer la tête de la queue. Quant à moi, je sais bien que je les déteste. Je comprends le chien de berger, il ramène les brebis au bercail.

CHARLES.

Pas toutes.

HENRI.

Je comprends le caniche; au besoin, il joue de la clarinette... le terre-neuve, il repêche les noyés et ne réclame pas vingt-cinq francs. Mais les griffons d'Écosse... mais les kings'charles, les havanais, mais tous ces petits êtres braillards, gourmands et mal élevés... Ah! ne m'en parle pas! je ne saurais te dire tout le mal que j'en pense. (Ils se lèvent.)

CHARLES, après avoir ri.

Du reste... cette manie-là n'avait rien de bien... terrible.

HENRI.

Non; mais elle en avait une autre! La chère enfant était un almanach vivant de la noblesse! Figure-toi une petite perruche à laquelle on aurait appris le blason; M. le marquis par-ci... M. le duc par-là... Elle déjeunait d'un prince et soupait d'un vice-roi. Enfin, il n'y avait pour elle que deux catégories d'hommes : les hommes du monde et les habitants de la lune. Elle me considérait, moi, comme un habitant de la lune.

CHARLES.

Elle te considérait avec un télescope.

HENRI.

Oui; elle m'avait aimé par curiosité. Du reste, cette manie aura, un jour ou l'autre, un heureux résultat pour Colombe.

CHARLES.

Comment?

HENRI.

Elle l'empêchera de revoir sa mère. (Après un silence.) Ah! au fond, tout cela est triste.

CHARLES.

Hein !

HENRI.

Oui, et tu avais raison... Le bout de l'an de l'amour, mauvaise histoire. Tiens ! nous avons assez parlé du défunt, allons-nous-en.

CHARLES.

Perds-tu la tête ?

HENRI.

Non, non ; tiens, Musset a dit :

Il faut, pour que ma soif s'étanche,
Que le flot soit sans tache et pur comme un miroir ;
Ce sont les chiens errants qui vont à l'abreuvoir.

Eh bien, dis-moi, Forestier, est-ce que tu ne te fais pas un peu l'effet d'un chien errant, toi ?

CHARLES, passant devant lui *.

En voilà une idée, par exemple ! Ah çà ! que t'ont donc fait les chiens, aujourd'hui ? Tout à l'heure, c'étaient les kings'charles, les terre-neuve, et maintenant...

HENRI.

C'est que, moi, je me fais absolument cet effet-là ! Tu sais, ces pauvres chiens qu'on rencontre le soir ; on devine à leur démarche qu'ils n'ont pas de logis, pas d'asile... Le chien errant aborde un camarade à l'air heureux, affairé ; ils ne se disent qu'un mot, car le camarade est un chien établi... il paye l'impôt, et, comme il sent venir l'orage, il se hâte de rejoindre le toit hospitalier qui l'attend et où il retrouvera sa pâtée sous la fontaine. Le chien errant, tout triste, le regarde s'en aller, car il ne dîne pas en ville, lui, et, les yeux pleins, le ventre vide, il va se coucher inquiet sous un auvent ou sous une arche. C'est qu'il est seul au monde et que personne ne l'attend, et que personne ne l'aime. Eh bien, je m'aperçois que je suis un peu comme lui ; car, sans un amour vrai, l'homme est un chien sans maître.

* Charles, Henri.

CHARLES.

Eh! mon Dieu! sur quoi donc as-tu marché depuis cinq minutes?

HENRI.

Ah! j'ai marché sur des Colombe... sur des gens du monde, sur les habitants de la lune, sur le *régent*, sur tous ces souvenirs qui ne sont bons qu'à faire des regrets. Enfin, je m'ennuie profondément. Ça vient de me prendre là tout de suite; et, après tout, il n'y a que les imbéciles qui ne changent jamais. Eh bien, ma vie me semble vide, creuse, qu'est-ce que tu veux que je te dise! En temps de guerre, on s'étourdit, on ne réfléchit pas; mais quelque chose me dit que nous allons avoir la paix et pour longtemps peut-être; et, alors, je me souviens de ce que tu m'as dit. Je pense que j'ai, quelque part dans un riant pays, ma maison et ma vigne, et qu'il serait doux d'avoir des fils à qui laisser la vendange. Tu ne sais pas ce que tu devrais faire? Eh bien, tu devrais me marier.

CHARLES, éclatant de rire.

Ah! ah! ah!

HENRI, touchant la chaine de Charles.

Tiens! qu'est-ce que tu as là?

CHARLES.

Tu le vois bien, ce sont des breloques.

HENRI.

Oui... ça s'ouvre cela? Qu'est-ce qu'il y a là-dedans?

CHARLES.

Des portraits: mon père, ma mère et ma sœur... (Il les lui montre.) Nos parents sont morts, tu le sais! alors, je tiens lieu de père à ma sœur, et ma sœur me tient lieu de mère.

HENRI.

Ah! tu n'es pas un chien errant, toi. Elle est bien jolie, ta sœur. Tu ne m'en avais jamais parlé?

CHARLES.

Tu crois?

HENRI.

J'en suis sûr.

CHARLES.

Ah!... Eh bien, tu t'es trouvé en rapport avec elle, sans t'en douter.

HENRI.

Comment cela?

CHARLES.

Tu te souviens de l'air national de là-bas?

HENRI.

La Milanaise.

CHARLES.

Oui, que je t'avais prié de noter; c'était pour l'envoyer à Estelle.

HENRI.

Ah! elle se nomme Estelle?

CHARLES.

Cher petit ange! ah! Je ne t'ai jamais parlé d'elle! Eh bien, je suis un misérable, parce que ce qu'elle a fait, j'aurais dû le raconter à toute la terre.

HENRI.

Raconte-le-moi bien vite, alors.

CHARLES.

C'était en 1854. Estelle avait alors dix-huit ans... Je faisais encore partie de l'armée. Tu ne m'as jamais vu en uniforme, toi? Tu as perdu; il paraît que j'étais très-bien.

HENRI.

Fat!

CHARLES.

Bref, je venais d'être blessé à Inkermann, et l'on m'avait transporté à Constantinople, au palais de l'ambassade russe, que le sultan avait consenti à transformer en hôpital français. Une nuit...

LE GARÇON, entrant précipitamment de la gauche.

Messieurs, je crois que voici ces dames. (Il sort comme il est entré, Henri et Charles ont un mouvement d'humeur très-prononcé. Ils rangent les chaises et rétablissent leur toilette.)

LE GARÇON, rentrant.

Messieurs, je me suis trompé. (Il disparait.)

HENRI, furieux.

Que le bon Dieu te bénisse !

CHARLES.

Que le diable t'emporte !

HENRI.

Continue.

CHARLES.

Où en étais-je ?

HENRI.

A l'hôpital.

CHARLES.

Ah ! oui... (Se retournant vers la porte.) Que le diable t'emporte ! Une nuit donc que, couché sur mon lit de souffrance, je m'agitais fiévreux, dans une de ces insomnies que connaissent seuls les exilés qui luttent contre la mort à cinq cents lieues de la patrie, je vis tout à coup se dresser devant moi une ombre gracieuse... Une femme était là qui se penchait vers moi, m'étreignant de ses deux bras, me couvrant de ses baisers et de ses larmes.

HENRI.

C'était Estelle ?... (Se reprenant.) C'était ta sœur ?

CHARLES.

Oui, ma pauvre petite sœur, qui, à la première nouvelle de ma blessure, avait tout quitté pour venir me servir de garde-malade... N'est-ce pas que c'est gentil, ça ?

HENRI.

Superbe !

CHARLES.

Pour la peine que je t'ai raconté mon histoire, tu vas me jouer *la Milanaise*, l'air favori d'Estelle. Tu sais comme je te le demandais bien vite en Italie, dès que nous avions seulement à notre service un petit bout d'épinette grand comme ça.

HENRI.

Oui, et je comprends maintenant pourquoi; tu te disais: « Cet air, Estelle le joue peut-être aussi en France, dans ce même moment, » et c'était comme si tu avais causé avec elle.

CHARLES, riant.

Oui, c'est vrai.

HENRI, se mettant au piano.

Eh bien, nous allons causer tous les trois. (Il joue.) Comme cela, je serai déjà un peu de la famille. (Parlant tout en jouant.) Ta sœur est bonne musicienne ?

CHARLES.

Que trop bonne, hélas !

HENRI.

Comment ?

CHARLES.

Eh! sans doute, car elle chante à elle seule comme la Sontag et la Malibran ensemble.

HENRI.

Oh ! la Malibran... (Il joue *; après un temps.) Eh bien, tu disais que ta sœur ?...

CHARLES.

Eh bien, je disais que cela lui a donné d'idée de se mettre au théâtre.

HENRI.

Et cela te fait de la peine ?

* Romance du *Saule*.

CHARLES.

Oui, car Estelle, je le sais, est trop délicate, trop impressionnable pour cette vie d'émotions, de triomphes peut-être.

HENRI, *cessant de jouer, et vivement.*

Et, comme la Malibran aussi, elle verserait de vrais pleurs sur la scène, et tu as peur... qu'elle ne chante *le Saule.*

CHARLES, *ému.*

Ah! tais-toi, tu m'as fait mal... (*Il s'assied près du piano.*) C'est le cœur qui a tué notre mère. (*Henri se lève très-agité; il se promène quelque temps sans parler, puis s'arrête tout à coup devant Forestier.*)

HENRI.

Mon ami, il ne faut pas que ta sœur soit chanteuse.

CHARLES.

Que veux-tu qu'elle soit ?

HENRI, *s'asseyant en face de lui.*

Eh! je veux qu'elle soit une heureuse châtelaine, parbleu! au fond d'un vieux manoir tout plein d'ombre et de poésie, avec de beaux enfants rieurs jouant sur les pelouses.

CHARLES, *souriant.*

Mais ma sœur n'a pas de dot !

HENRI.

Raison de plus! Écoute, Forestier, dis-moi, comment crois-tu que finirait, dans un théâtre à colonels, une histoire semblable à celle-ci, c'est-à-dire commençant par un coq de bruyère truffé pour en arriver à un médaillon et à des breloques?

CHARLES.

Je l'ignore, mon ami.

HENRI.

Eh bien, je vais te le dire. L'ami serait captivé par les grâces enchanteresses du médaillon; il devinerait, dans ce doux et limpide regard, tout un avenir d'amour, dans ce dévouement de jeune fille,

* Henri, Charles.

tout un avenir de bonheur, et il te dirait : « Mon cher Forestier, je suis jeune, je suis riche, je ne suis pas trop mal, et je n'ai jamais aimé. »

CHARLES.

Voyons, plaisantes-tu ?

HENRI.

Ta sœur ne me connaît pas, elle ne m'a jamais vu ; mais, avec un cœur comme le sien, avec une âme comme la sienne, elle en arriverait peut-être à aimer celui qui aurait sauvé la vie à son frère.

CHARLES.

Que veux-tu dire ? Est-ce que c'était toi qui, à Palestro... ? (Ils se lèvent.)

HENRI.

Non, parole d'honneur! malheureusement... Mais tu le diras, mais tu le laisseras croire. Je ne t'ai pas sauvé la vie ce jour-là, mais je te promets de te la sauver une autre fois.

CHARLES, riant.

Enfant !

HENRI.

Voyons, Forestier, mon ami, mon frère, quand irons-nous chez toi jouer *la Milanaise* ? Demain, aujourd'hui, tout de suite, veux-tu?

CHARLES.

Mais ces dames ?

HENRI.

Ces dames ? Tu oses me parler de ces dames ! toi le père d'Estelle ! à moi qui suis presque son mari ! car, enfin, suis-je ou non son mari ?

CHARLES, lui prenant les mains.

Oui... si elle y consent... Mais tu me jures de la rendre heureuse ?

HENRI, avec sentiment.

Je te le jure ! et, si je manque à mon serment, eh bien, brûle-moi la cervelle.

CHARLES, sur le même ton.

C'est convenu, mon ami. (Ils se jettent dans les bras l'un de l'autre.) Et voilà ce que c'est que le bout de l'an de l'amour.

HENRI.

Viens!... viens! (Il entraine Charles; ils sortent. — On entend le bruit d'une voiture. — Au moment où ils disparaissent par la droite, le garçon entre précipitamment par le fond.)

LE GARÇON.

Par ici, mesdames, par ici.

FIN.

IMPRIMERIE DE L. TOINON ET C°, A SAINT-GERMAIN.

www.ingramcontent.com/pod-product-compliance
Ingram Content Group UK Ltd.
Pitfield, Milton Keynes, MK11 3LW, UK
UKHW020225180726
13838UKWH00005B/2198